그림자

저 자 와
협의하여
인지 생략

그림자

지은이 | 김광규
펴낸이 | 一庚 장소님
펴낸곳 | 돌설판 답게
초판 인쇄 | 2020년 5월 5일
초판 발행 | 2020년 5월 10일
등 록 | 1990년 2월 28일, 제 21-140호
주 소 | 04994 서울시 광진구 면목로 29(2층)
전 화 | (편집) 02)469-0464, 02)462-0464
       (영업) 02)463-0464, 02)498-0464
팩 스 | 02)498-0463
홈페이지 | www.dapgae.co.kr
e-mail | dapgae@gmail.com, dapgae@korea.com
ISBN 978-89-7574-319-1
ⓒ 2020, 김광규

나답게·우리답게·책답게

김광규 시집

그림자

도서
출판 답게

시인의 말

언젠가는 윌리엄 블레이크처럼 한 알의
모래에서 세상을 보며, 순간 속에서
영원을 볼 수 있는 날이 오면 좋겠습니다.

그래서 미약하나마 오늘도 마음을 닦고,
조이고, 기름을 치고 있습니다.

2020. 봄날

김 광규

| 차례 |

|부

2부

3부

4부

-1부-

재

허공에 수(繡)를 놓던
불티의 가벼움으로
나는 남았다

군불처럼 뜨겁게 냉골을 데우며
눈을 현혹했던 그대

수직을 수평으로 허물게 하는 힘
마음 속 타오르던 불이 사그라졌지만
불씨 없는 싸늘함에 손을 대면
슬며시 온기를 전해줄지도 모른다는 것

어둠의 이웃 같은
식은 이 절망의 가루들이
바람에 날려간다는 것

흔적 하나 남김없이

틈

하나에서 깨어지는 아픔을 이기고
둘이 되었다
비로소 트이는 숨통

조임에서 헐거움으로
무거움에서 가벼움으로 가는 생애
벌어져 사이가 난 곳에서
키 작은 그대를 바라본다

상처가 아문
빈 가슴으로
바람을 맞이하고
물을 흘러 보낸다

몸을 열어
한 그루의 소나무를 키우는
허허로운 마음
바위의 여유를 닮아간다

반쪽을 찾아서

저기 떠 있는 반달은
초승달이 될 수도 있고
보름달이 될 수도 있는 법
하나의 존재이고 싶은데
하나일 수 없는 운명
아직도 나는 완전하지 않아
어설픈 반쪽으로
또 다른 반쪽을 찾아야만 해
보이지 않는 나의 반(半)은
내 안에 있을까
세상 저편에서 기다리고 있을까
미완의 지평에서
완성으로 오르는 언덕길은
가파르고 멀기만 한데
이대로 굳어버리면 안 돼
설령 반쪽을 찾는다 해도
나와 결합될 수 없을 테니

오래된 유모차

자신을 태워본 적이 없는
오래된 수레
반쯤은 거북 등으로 굳어가는 손이
핸들을 움켜잡고 있네
남몰래 굴종을 강요받았기에
〈ㄱ〉자로 완성되어가는 허리
아무도 타려고 하지 않는
비어 있는 차
모진 바람 불어도
이것을 밀어야
세상으로 갈 수 있네
젊어서 홀로된 몸
굴곡진 삶을 되뇌는 듯
삐거덕 삐거덕
어디론가 몸뻬 바지를 인도하는 유모차
아기의 웃음소리 울음소리
사라져 버린 그 안에
한가득 가을 햇살이 앉아있네
가쁘게 차오르는 숨결
고갯마루에 걸음을 멈추며

먼 산을 바라보는
자라목의 당신이여

구두 한 켤레

엄지발가락 하나
돌부리에 부딪쳤다고
호들갑을 떨었던 부끄러운 기억
길 아닌 길도 다녔던
나의 비밀을 알고 있겠지
갈라지고 찢어졌던 날카로운 아픔을
왜 내색하지 않았을까
내 삶의 무게에 짓눌려
보이지 않는 곳에서
닳고 닳은 밑창
그래서 내가 설 수 있었지
해진 네 몸
깊은 시간의 상처를
한 땀 한 땀 꿰매어 줄게
댓돌 위에 놓인
발의 두꺼운 껍질 같은
차가운 구두 한 켤레
발뒤꿈치 굳은살보다 무딘 내가
너를 바라보네

비어 있는 됫박

비어 있어 담을 수 있었고
담겨 있어 비울 수 있었구나

바람 불어 옆구리 시린
늦가을 저녁의 허전함
무언가를 한가득
담아야 할 텐데

가진 것을 누구에게 다 주었을까
무엇을 담으려고
저렇게 비어 있는 것은 아니겠지

모서리가 닳고 닳은
됫박 하나

지게는 알고 있을까

그 많은 짐들은
어디에다 부려놓고 왔을까?
빈 몸으로 제자리로 돌아온
지게는 말이 없다

자신보다
몇 배나 무거운 시련을 실으려
언제나 비어 있는 모습

한가득
생솔 한 짐을 질 때보다
등짐이 없을 때
오히려 혼자서는 일어설 수 없었겠지

지게는 알고 있을까?
자신을 어깨에 멘 채
좁은 산길을 내려오던 내 아버지의
후들거리던 다리를.

연의 미학

끊을 수 없는 연(緣)줄 같은
연(鳶)줄
지상에 남겨둔 애증
수많은 얼굴들이 생각났기 때문이었을까

바람 부는 언덕
높은 곳이 두려워
야트막한 허공에 뒤뚱거리다가
곤두박질 칠 때도 있었네

아득한 곳에 떠 있는
마음 조각 하나가
무거워 날지 못하는
누군가를 내려다보고 있네

양파

기필코 너의 정체를 밝혀내야겠네
불명(不明)의 내가

누나의 일기장을
몰래 훔쳐보았을 때의 떨림으로
너의 미끄러운 비밀을 벗겨보았네

껍질 속
흰 속살의 관능이 부끄러운
눈부신 대낮
너의 아린 저항에
멈칫거리고 말았네

벌을 받는 아이처럼
눈을 감으며
꼬옥 감으며

화병(花瓶)

꽃들을 보듬은 자애(慈愛)
희고 흰
화병을 바라보았네

아무리 쳐다봐도
보이지 않는 깊이에
내 안에서 자라나는
시든 마음을 꽂아보았네

오늘
내 슬픔 같은 기쁨은
꽃들의 생기에서 비롯되었네

저마다 말을 하지만

저마다 말을 하지만
겉말만 난무한다
허공에 맴돌다
힘없이 떨어지는

풍경은
수십 마디의 말을
그림은
수 백 마디의 말을 담고 있다

가끔
내 가슴에 박히는
한두 마디 속말은 하지만
말을 아낀다

풀잎 위의 이슬

왜 행복은 순간이어야만 하는 것입니까
허공에 이름도 없이 사라질
증발의 허무함이여
햇살에 소멸되는 치욕이
죽음보다 싫었습니다
바람에 목숨 애걸하지 않는 결기
풀잎 위에 위태롭게 매달린 나는
영롱한 보석인 채로
스스로 떨어졌습니다
로마군의 칼날을 맞을 바에야
자결을 택하여 영원히 산
마사다 요새*의 유대인들처럼

*사해가 내려다보이는 높은 고원에 위치한 곳으로 이스라엘의 국립공원 겸 성지. 열심당원을 주축으로 한 유대인들이 예루살렘 함락 이후에도 로마 제국에 끝까지 대항하다가 요새가 함락되자 AD 73년 아녀자 2명을 제외하고 960여 명 전원이 자결한 곳(Massada).

얼음의 노래

물을 가둔 것은
저수지가 아니라 얼음이었네
출렁이는 마음을 잠잠하게 하려는
예견된 몸부림이었을까
물 위를 건너간 예수처럼
얼음 위를 걸어가네
제 한 몸으로
사랑 때문에 뜨거웠다가
미움 때문에 차가워질 수도 있음을 알았네
핍박받는 자를 더욱 핍박하듯
몰아치는 바람
얼음판 아래 억눌린 생명들이
따스한 물의 세상을 살아가고 있을지도 모르네
어딘가에 있을 숨구멍을 뚫어
숨통을 트이게 해야겠네
오늘의 이 혹한에
그대는 뜨거운 여름의 물을 길어
내게 부어야만 하네
마비된 내 몸이
스르르 녹을 무렵

영혼은 수증기로 가물대며
하늘로 올라가겠네

육포(肉脯)처럼

육즙은 어디로 증발했을까
생각이 생각을 우려내듯
질긴 고기를 씹어보네

겉으로는 가벼워보였지만
속으로는 오석(烏石)처럼 무거웠던 나날들

오장육부도 없이
납작하게 엎드려 살아온 나는
육포와 다를 바 없네

몸속에 잠긴 피와 물을 쏟고
뼈에 붙은 흰 살을 떼어 내어
이글거리는 태양 앞에 나아가네

젖은 몸을 말리며
조금은 죽어가는 내가
서서히 굳어만 가네
어디론가 바람에 실려 가는
비릿한 내음

걱정

수직은 수평이 심심해 보여
조용히 고개를 숙입니다
수평은 수직이 위태로워 보여
슬며시 고개를 듭니다

서로 조금씩 기우뚱거렸지만
제자리로 돌아왔습니다
아무 일도 없었다는 듯
시치미를 떼며

오뚝이 인형

떠나도 돌아가는 고향이듯
언제나 제자리의 내 모습

발톱을 감춘 맹금(猛禽)처럼
가슴속 깊숙이 숨겨 둔
무거운 무게 중심이 남아 있습니다

약한 자만 골라
괴롭히는 세상처럼
당신은 나를
툭 치고 가버렸습니다

그러나 나는
아득히 떠나버린
당신을 용서했습니다
현기(眩氣)의 후유증을 참으며

수평선

오늘도 하늘은
먼 곳에서 바다를 만난다

자칫하면
바다에 떨어질 수 있는 하늘인데
하늘로 올라갈 수도 있는 바다인데

그러나 끝과 끝이 하나로 맞닿아
서로의 몸을 떨며
가물대는 고요

한 치의 격정도 없는
평정의 마음으로
아득한 사랑이
끊일 듯 이어진다

알다가도 모를

어제를 살아도
오늘을 알 수 없네
오늘을 살면
내일을 알 수 있을까

고였다가 흘러가는 물처럼
알다가도 모를
당신의 마음

그녀가 운다

덮어둔 슬픔의 껍질을 벗기면
기쁨이 되는 줄로만 알았을까

그녀가 양파를 깐다
눈을 감아도
손을 저어도
자꾸만 아린 눈

그녀가 운다
소리 없이 운다

슬프지 않아도

-2부-

그림자 1

당신이 소멸될까 두려워
빛도 아닌 나는
언제나 빛 가운데 서 있네

몸과 영혼이 함께하지만
발은 당신과 나의 경계선
아직도 안을 수 없네
입체의 몸으로
평면의 당신을

낮은 곳으로 비스듬히
키 높이로 누운 응답
저 차가운 분신(分身)은
되레 나에게 온기를 주고 있네

그림자 2

나무 그늘 아래 들어서자
갑자기 사라져버렸네
오래도록 찾아다녔던 그는
한낮의 밀정(密偵)이 아니었네
단 한 번도
나를 앞지르지 않았던 겸손
그를 잊을 때가 있었지만
그는 나를 잊지 않았네
이제는 길이 다 할 때까지
같이 가겠네
조금씩 양지(陽地)를 정복하는
옆으로 누운
저 질긴 인연과 함께

그림자 3

빛 속에서 빛을
그늘 속에서 그늘을 볼 수 없네

나는 어디에 있을까
빛과 어둠을 오가는 발걸음
마음은 수시로
투명과 불투명 사이를 헤매고 있었네

한참 동안
잃어버린 나를 찾고 있었네
그림자가 그늘에 가 있을 때

그림자 4

나는 없고
그림자만 보이는 날이 있다
나만 있고
그림자가 보이지 않는 날이 있다

나는 나를
그림자는 그림자를 보지 못하고

숨겨진 나를 외면하고
나타났다가 사라져버리는
겉모습만 쫓아다녔던 날들이여

그림자 5

하도* 귀찮게 그림자가 나를 따라다니기에 한 번은 내가 그림자를 따라가 보았다. 그림자는 요리조리 도망을 쳐 잡히지 않았다. 알고 보니 그것은 내게 붙어 있었다.

* '너무'를 뜻하는 경상도 사투리

그림자 6

바람에 일렁이지 않는
무게 중심
여름 태양도
젖은 너를 말릴 수 없네
빛에 있어도
빛에 쫓기지 않으며
마른 땅을 적시고 있는 너
매미의 길고 긴 울음처럼
너처럼 어두웠던
나의 이면(裏面)

그림자 7

빛에게 진 빚이 있어
어둠이 되지 못하는 당신
어둠에게 진 빚이 있어
아직도 나는 빛이 되지 못하네

당신이 서 있는
눈부신 세상
생각의 깊이만큼
한낮의 연한 어둠으로
내 몸은 누워있네

은은한 빛이 되어
밤의 어둠 속으로 사라져 버리면
당신은 나를 찾을 수 있을까

그림자 8

전신을 훑고 간 엑스레이처럼
내 모습 그대로의 크기

서늘하고 고요한 모습
당신이 사라져 버렸을 때
함께 했던 기억을 되뇌네

한때 단 한 번
허상으로 언뜻 비쳤던
내 모습
그것이 실상이었네

그림자 9

햇빛 속에 있을 때
내 모습 그대로 나타나 있었지만
그것은 내가 아니었네

깊은 그늘 속
아무에게도 보이지 않았지만
그곳에 내가 있었네

그림자 10

당신에게 가기 위함이었네
얇은 어둠 하나로

짙은 어둠을 불사르듯
이 작은 어둠 한 조각으로
당신의 걸음을 따라
빛의 세상을 조금씩 지워가네

영혼처럼 가볍다가도
슬픔처럼 무거울 수도 있는 몸

내 마음이 당신에게 다가가
따스함이 되었으면 좋겠네

그림자 11

내 몸에서
당신은 잉태되었네
동굴 같은 둥근 입에서
뿜어져 나오는 하얀 입김
영혼은 얇은 살결로
비스듬히 누운 그림자처럼
차가운 가벼움으로 빚어졌네
빛이 아닌 것은 죄악일까
낮과 밤이
빛과 그림자로 밀착되었다면
나와 당신은 어떤 관계였을까
산의 품에서 되돌아 나온
나의 목소리처럼
여린 어둠은
낮은 곳으로 나를 인도하네
어쩌면
든든한 실체였을지도 모르는
또 하나의 내가

그림자 12

굴곡진
생의 뒤안길
물끄러미 바라보네

그림자는 그림자가 아니라
그 이름이 그림자일 뿐*

마음 비우면
저렇게 가볍게
몸 깎으면
저토록 얇게 될 수도 있네

껍질을 벗긴 과일처럼
화장을 지운 여인처럼
내면으로 돌아가야 할 시간

화려를 버려
더욱 빛나는 들꽃이듯
나를 잃고 나를 알아
그림자로 살아가네

* 『금강경』에 나오는 '제불 즉비제불 시명제불(諸佛 卽非諸佛 是名諸佛)', 즉 '붓다는 붓다가 아니라 그 이름이 붓다이다'의 표현 기법 응용

톱니는 돌고 돌아

입술을 잃고 말았다
감미로운 입맞춤을 되뇌며
톱날 같이 빼곡한 이빨이 맞물릴 즈음

한 번의 일탈도 꿈 꿀 수 없었던
긴장의 나날들
서로의 밀착으로
야금야금 목숨은 마모되고

목마른 자유를 염원하는 바퀴는
허무의 원을 그릴 뿐
돌아도 돌아도 제자리였네

아무도 지켜보지 않는 캄캄한 곳
이 쓸쓸한 회전이
저 편 누군가에게는
긴요한 힘이 되겠지

그 겨울의 극빈

스스로 일어나지 못해
골방의 냉골이 나를 깨웠네
애원하듯 무릎을 반쯤 꿇어
꺼진 연탄불을 피워놓고
쩍쩍 손가락에 달라붙는
차디찬 문고리를 당겼네
그 겨울의 빛은
밝음이 아니라 온기로 감지되었을 뿐
연신 30촉 백열등을 감싸던
시퍼런 언 손
동면의 짐승처럼 웅크린 채
둥그렇게 이불을 덮어
동굴을 만들었네
아무도 몰랐고
아무에게도 알릴 수 없었던
혈거의 비참
극빈(極貧)의 아침은 더디게 왔네
이런 날에도 어머니는
얼음 웅덩이를 돌로 깨며
손빨래를 하셨는데

풍선이 하는 말

기뻐서가 아니야
마음이 붕 떴다고?
그것도 아니야
지금 나는 무서워서 떠 있을 뿐이야
누군가의 손끝에 감춰진 바늘
우거진 숲 속에 숨겨진
뾰족한 손톱 같은 가시 때문이야
보이는 것 보다
보이지 않는 것이 언제나 두렵지
아무튼 매여 있던
나를 풀어줘서 고마워
당신도 나처럼 해 봐
속을 말끔히 비우고
몸을 극도로 팽창시켜야
이렇게 가벼워질 수 있지
차가운 세상을 아래에 두고
조금씩 올라가면
태양을 뜨겁게 느낄 수 있겠지
까마득한 저 하늘 높이에서
콩알 만해 질 내 몸

그즈음 당신의 기억 속에서
나는 지워질 수도 있겠지

기울어지기

삐딱하게 돌아가는
지구의 자전

쓰러질 듯 쓰러지지 않을 듯
걸음마를 배우는 아기도
자꾸만 뒤뚱거립니다

우리는 기운 듯하다가
중심을 잡고
중심을 잡은 듯하다가
기울어집니다

얇은 어깨의
꼿꼿한 그대에게
내가 기울어집니다
피사의 사탑*처럼

* Leaning Tower of Pisa, 이탈리아 중부 토스카나 지방
의 도시인 피사의 두오모 광장에 있는 흰 대리석 종탑으로
남쪽으로 5.5도 기울어져 있다.

여름

언제쯤 필까?

터질 듯 말 듯
부풀어 오른
봉숭아 꽃망울들

그 아래로 쏟아지는
목 쉰 매미의
긴 울음

언제쯤 멈출까?

물의 돌

서로의 갈급함이 있었을까
물과 뭍이 서로 목을 축이는
물가에 왔네
비스듬히 반신욕 하는 사내처럼
무뚝뚝한 표정
온종일 있어도
한 마디 말이 없네
일렁이는 물의 옷을 입고
제자리에 있는 돌
이승을 기웃거리다
저승에 마음 쏠리는 나처럼
물 위의 세상과
물속의 세상을 살아가는 돌
수초가 온몸을 간질어도
웃지 않는 얼굴
머리 위에 물새가 남긴
물똥의 흔적
버럭 화 낼 줄 알았는데
빙그레 미소만 짓는
물의 돌

귀의 역할

물음표를 닮은 귀
듣기만 하지 말고
질문도 하라는 의미

세상 소음을 너무 담아
한줌의 고요를 담지 못 하네

꽃잎이 벙그는 소리
바위가 속으로 중얼대는 소리도
들을 줄 알아야하는
나의 귀

그날

고독을 피하려고
즐거움을 만났지만
더 외로워졌다

마음만 흔들어놓고
사라진 기쁨
무거운 적막이
또다시 밀려왔다

혹 하나 떼려다가
큰 혹이 붙고 말았던
그날

-3부-

울지 말아요, 그대

어쩌면 내일
더 큰 슬픔을 만날지도 모릅니다
그러면 오늘의 이 작은 슬픔이
위안이 될 수도 있을 것입니다
울지 말아요
그대

빈틈이 있어야지

스스로 몸을 갈라
빈틈을 주었네
흙 부스러기 한줌 없어도
소나무 한 그루 키운
너럭바위의 미소

몇 모금 이슬이 스미게 하여
군데군데 자라는 이끼
그래서 바위는 숨을 쉬네

마음 문 굳게 닫은 당신
틈이 없는 그 앞을
오늘도 바람처럼 서성이네

찰고무줄 국수

자취하던 딸이 내려오면
집보다 먼저 들리는 곳
그곳에는 찰고무줄 국수가 있지
고추장에 버무린
탱탱한 면발을 입안에 넣으면
입천장이 타들어갈 정도로
화끈거리는 맛
매운 세상 인연을 끊으려는 듯
자꾸만 질긴 국수를 씹었을 테지
네 입술보다 붉었던
얼얼한 양념의 기억

서울로 보따리 싸서 올라갈 때
내가 신신당부했던 말
〈너 말이야, 서울 애들한테 쫄면* 안 돼.〉

* '겁먹다'의 경상도 방언

알고 보니

초등학교 운동장
어릴 적 네 살 터울의 자매
다민이와 해민이가
시소를 탔지요

그 위에서
속상해서 울었던 언니

알고 보니
동생이 더 무거워서

집을 잃은 새

날아도 날아도
집이 보이지 않는 밤
팔딱이는 심장이
허공의 적막을 깨운다

집을 잃고 길도 잃어
멀리멀리
날아가야만 하는 새

집이 없으면
세상 모든 곳이
집이 될 수 있는 것도 모른 채

집을 찾아 헤매는
은빛 날갯짓
누군가 한 사람은
네 아픔을 알아주겠지

나에게도
눈물만 흘렸던 시절이 있었지

마음이 가고 있네

보이지 않아도
오랫동안 눈길을 거두지 않네
알 수 없어도
알 것만 같은 곳

바람 부는 오늘
생의 저편에서 가물대는 빛
그리운 무한(無限)
먼 곳을 보네

들판을 지나 지평선
바다를 건너 수평선 위로
실타래의 실이 풀리 듯
마음이 가고 있네

미행(尾行)

발목까지 차오른
눈길
밤과 눈(雪) 밖에는
아무 것도 없는 세상입니다

화인(火印)으로 찍힌 발자국
지울 수 없는
흔적으로 남았습니다

내가 나를
한없이 의심하며
미행했던 밤에

떨어져 있어야 하네

멀리서 보면
신비로움 그 자체
우러러 볼 수밖에 없었던
큰 산이었네

막상 가까이 와 보니
별거 아니었네
산속에 들어와 보니
산은 보이지도 않고

그대는 이제
저 먼 산처럼
내게서 떨어져 있어야 하네

해변의 무료(無聊)

사랑 때문에 몸부림치는
하염없는 울음

하늘의 푸른 발목이라도 잡으려나
소리 높여
수직으로 몸 세우는 바다
갈래갈래 포말로
마음만 찢어지네

온종일 허탕만 치고
애꿎은 몽돌만 굴리며

바위 1

이슬에 젖어
더
단단해졌다

햇살을 받아
더욱
온화해졌다

바람을 맞아
더욱 더
과묵해졌다

목욕재계(沐浴齋戒)한 선비가
검은 옷을 입고
산 중턱에 앉아 있다

우두커니
먼 산을 바라보며

바위 2

아무 것도 갖지 않도록
족쇄를 채운 손
길 아닌 길을 갈까봐
두 발은 땅속에 묻었네

몸은 무거워도
생각은 가벼워지고

시간의 흐름도 잊은
무아(無我)의 기쁨

온종일 말 한마디 하지 않고
계곡의 나직한
물소리만 담는 당신

바위 3

나에게서 멀어진 그대
말을 못 해서 일까
말을 하지 않았기 때문일까

바람으로 관통되지 않고
눈비에도 스미지 않는 애련(愛憐)
내 몸은 묵언(默言)으로 굳어만 가네

울퉁불퉁 검은 몸
깊고 어둑한 그 속
뼛속의 골수처럼
희디 흰 마음이 있었네

별 하나가

바람의 결 무늬도 볼 수 없네
희망 반 절망 반으로 남은
하루의 봇짐을
어깨에 메고 집으로 돌아오네

추함도 아름다움도 덮어주는
이 어두움이
벗은 내 몸에
고요의 가운(gown)을 입혀주네

창밖의 명멸하는 별 하나
미지근한 눈빛으로
나를 바라보네

눈 감으면 보이고
눈을 뜨면 보이지 않는
그대의 얼굴처럼

덕천 폭포*

보슬비 내리는 겨울
베트남의 물과 중국의 물이
부둥켜안고 흐르네
카르스트 석회암 위로 흘러넘치는
청옥 빛 서러운 눈물들
고요에서 굉음으로
수평에서 수직으로
쏟아져 내리고 있네
뜨거운 외침은
산산이 부서져
허무의 포말 속에 흩어지고 있네
흘러도 그치지 않는 울음들이여

* 중국 광서장족 자치구 충쭤시 다신현의 중국과 베트남
국경 상류에 위치한 폭포. 두 나라는 1979년 2월 17일 부
터 3월 16일까지 전쟁을 하여 수만 명의 사상자가 발생하
였음

전하지 못한 편지

증명사진 보다 작지만
자신의 가치로 남아 있는 증표
저 빛바랜 우표는
어디론가 송부되는 꿈을 꾸었을 테지

깨알 같은 손 글씨
하얀 봉투는
내 마음을 엿보았을까?

이런저런 이유로
그대에게 전하지 못한
소인이 찍히지 않은
편지 한 통

주산지 고사목

한여름 대낮
목마른 하늘이
주산지* 단물을 마시려다
물의 깊이로 빠져버렸다

온종일 바람에 일렁이는
생의 주름살 같은 물결

살아있는 동안 나는
얼마나 많이 넘어졌던가

죽어서도 쓰러지지 않는
물 위의 나무 하나가
나를 바라본다

* 경북 청송군 부동면 이전리에 있는 저수지

마음 속 어디엔가

귀 기울이고 있을 때
안 들리던 목소리
귀를 막아
그 음성 또렷이 들리네

오래도록 말문 닫고 있으면
마음 문 열리겠지
오늘은 청산에 갈 수 없어
산에게 눈짓을 해 보네

가만히 눈 감으면
그대 얼굴 떠오를까

콜라가 담겼던 유리잔

잔을 위해서가 아니라
당신을 위하여 내가 존재해요
시련에도 찰랑대지 않는 잔잔함으로
당신을 응시하고 있어요
곧 당신의 더운 입김을 받을 수 있겠네요
빈 몸의 당신
갈증 난 입을 축여드리겠어요
알 수 없는 미로
절벽의 깊이를 타고 내려가
일그러진 내장을 펼쳐드릴래요
생의 찌꺼기 같은
결코 여과되지 않는 몸으로 남아야 해요
마지막 거품으로 사라진다 할지라도
달콤 씁쌀한 여운을
당신의 얼얼한 혀에 맴돌게 해드리겠어요

아플 때만 바라보네

눈이 있으면 뭘 해
손을 다치고 나서야
손을 만져보았고
발이 아프고 나서야
발을 어루만져 보았네

아프지 않았을 때는
태무심하며 살았네
밖에만 바라보고
안에 있는 너를 못 보았던 나

겉멋에 현혹되어
마음을 닦지 못했던 나날들
이렇게 아플 때만
작은 나를 돌아보네

당신의 입이

나에게 못 다한 말이
조금은 남아있었겠지요

때로는 얼음 웅덩이 같이
싸늘한 침묵이었다가
산을 울리는
뜨거운 외침이었던 당신

유리창에 엉긴 입김
당신은 두툼한 입술의
붉은 관능으로
나를 빨아들이려 했지요

동굴처럼 길고 어두컴컴한
그 목구멍 속으로
나는 들어가지 않을래요

허기진 세상에서
한 입의 포만을 찾으러
헤매던 당신

무심코 내뱉은
내 말의 의미를 되새김질하는 듯
무엇인가를 곱씹고 있네요

슬픔은 삭혀서
울음이 될 때까지
기쁨은 녹여서
웃음이 될 때까지

-4부-

길 위에서 1

나를 찾기 위하여 길을 떠나네
이 아침
바람을 맞으며

누군가 이 길을
하염없이 걸어갔고
누군가 이 길을
소리 없이 따라오리라

중앙선 없는
끝없는 자유의 길에
멈추어 서 있네
길을 잃은 것처럼

나를 찾기 위하여 걸어갔던 길
나를 잃고 되돌아오네
해 질 무렵
바람을 등지고

길 위에서 2

내가 가야할 길의 끝
거기에 서 있는 사람은 누굴까 궁금하다
어쩌면 아무도 없을 수도 있는 법
구름은 하늘의 길을 잃고
오도가도 못 하는 겨울 오후
어디로 가고 있는 것일까
혼자 걷는 이 길
한참을 걷다가 멈춘다
혹시 길을 잃지는 않았을까
잃었다면 돌아가야 할까
되돌아가기에는 너무도 멀리 온 길
저편의 길은
내 발자국 소리에 귀를 기울이고 있으리라
누군가 내 앞을 지나갔고
뒤를 밟아오는
그런 사람도 있겠지
만나보지 못했지만
어쩌면 만난 적이 있는 것 같은
따스한 동행자들
아득한 그곳에 닿을 때까지

가끔은 눈보라가 휘몰아쳐 오리라
길은 길로 남아 있고
내가 남아 있는 지금 이 자리
언제 길의 끝에 닿을 수 있을까
무한을 향한
작은 나의 발걸음

장면

찬바람 부는
초겨울 오후
까마득한 나무 꼭대기에
위태롭게 앉아 있는
새 한 마리
하필이면 삭은 나무의
마른 가지를 붙잡고 있네

혹시
죽은 어미 새가 앉았던 나뭇가지를
찾았기 때문이었을까

가느다란 시린 발톱으로
생명줄인 듯 움켜잡고
떠나가지 못하는
여린 그 마음

제 몸의 체온으로
가지를 덥히는 작은 새
오늘은 여기서 밤을 지새우려나
날은 저물어만 가는데

별

불연(不燃)의 하늘
검은 장막을 뚫고
나의 별이 돋는 밤

잠 못 이루는
짓무른 나를 향해
깜빡이는 눈빛
가슴의 차가움도 녹여주려나
불빛의 온기

너와 나는
이렇게 거리를 두고 있다
서로의 인력(引力)으로
지금보다 가까울 수도
더 멀 수도 있겠지만

무한의 세월이 지나
어쩌면 별은 다가올 수도 있으리라
흔적도 없이
사라진 나에게

수직과 수평 사이

수직은 넘어져야 수평을 만납니다
수평은 일어서야 수직을 만납니다
위태로움과 평화로움 사이
두 직선의 긴장은
곡선이 되어
빛나는 접점을 찾아야 합니다
팽팽한 모서리의 고집
서로가 밀고 당겨도
흐트러짐 없는 차가운 모습
높이와 길이의 격차로
당신과 나는
맞닿을 수 없는 곳에 있습니다
눈앞에 가물거리는
90의 각도
그것을 바라보는 우리는
언제 한 몸으로 겹칠 수 있을까요

한 장의 사진

겹겹이 파편으로 쌓인
순간의 끝없는 흐름들
그 속에서 나는
서서히 매몰되고 있다.

젊다고도
그렇다고 늙어 보이지도 않는
빛바랜 사진 한 장
멈추어진 시간이
나를 바라보고 있다.

입가에 머금은 미소
깜빡이지도 않는 눈으로
얼마나 오랫동안 나를 찾았을까!

꽃밭에서 나온 꽃

꽃들의 숨통을 조이듯 꽃밭을 에워싼 화단 석. 사람들은 이곳을 기웃거리며 탄성을 발하지. 벌 나비가 수시로 날아와 부산했던 나날들. 여기에 들어온 꽃들은 종류별로 심은 대로 사육되는 인위의 생명들이었지. 갇힌 평온은 나를 옥죄는 쇠사슬임을 알았어. 꽃밭 안으로 되돌아가기에는 가깝고도 먼 길. 나와 똑 같은 모습으로 남은 꽃들은 나를 보고 아웃사이더(outsider)라고 중얼댔지. 괜한 고생을 한다고 동정도 했었지. 다시 안으로 들어오라고 손짓하는 시든 꽃들도 있었지. 잡초에 부대끼며 조금은 들꽃이 되어가는 홀로 된 지금의 나를 당신은 예전처럼 대해줄까. 주인이 나를 발견하면 잡초로 여겨 뽑아 버릴지도 몰라. 이름을 버리듯 속박을 벗어나 한 송이 자유를 꽃 피운 나를.

깃발

너희들은 울어야 할 때 울지 않았고
웃어야 할 때 웃지 않았지
이대로 가만히 있으면 안 돼
열 길 아래를 내려다보면
떨어질 수도 있는
아찔한 공포
깃발의 이름으로
먼 곳을 바라보고만 있어
언젠가 다리를 절뚝거리며
돌아올 그를 위해
춤추듯 온몸을 흔들고 있어야 해
이렇게 요란하게 펄럭이지 않으면
오히려 불안했어
몸통을 찢을 수도 있는 고통
모진 바람이 좋아
메마른 마음을 적시게 하는 기쁨
가을비도 좋아
허공에 시련을 털며
세상을 향해 절규할 따름이지
그러다가 깃대를 떠나

새처럼 날아오를 수도 있겠지
자유의 가벼운 몸짓으로 펄럭이며

어머니의 머리카락

얼굴은 쪼글쪼글
목소리는 모기 소리

여든을 넘긴 어머니가
염소 털 만큼 까맣게
머리 염색을 하셨지요

둔갑한 여우가
새색시로 변장하듯
갑자기 머리카락만 젊어졌지요

마음은 빠르지만
몸은 더디어
오늘을 살기보다는
어제를 살고 있지요

어릴 적 내가
참고서 사 달라고
생떼 쓰며 울었던 그날 밤

분명 옷고름 적시도록
눈물을 훔치셨겠지요

윤기 흐르던 긴 머릿결
가위로 싹둑 자르시기 전에

말은 없어도

거센 바람에 맞서서
끝까지 매달려 있었던
나뭇잎 하나

바람 한 점 없는
고요한 날
스스로 떨어져 버렸다

나무는 잎사귀를 내려다보고
잎사귀는 나무를 올려다보고

기둥

흙먼지 휘날리는
트럭에 덜컹거리며
구토를 참아왔네
하늘로 솟아오르던
푸르른 꿈은 어디로 흩어지고 말았을까

아래에 깔린
말 없는 초석(礎石)은
나를 미워할까
아니면 지붕을 미워할까

한 걸음도 내디딜 수 없는
수직의 토루소*는
저 먼 숲속을 바라보네

* 머리와 팔다리 등이 없는 몸체를 뜻하는 이탈리아어에서
연유된 조각 용어(torso)

고백

몸이 비틀거리고 있었네
바람 부는 광야에서

마음이 흔들리고 있었네
아무도 없는 골방에서

도마

젖은 가슴 마르면
하얀 상처로 남는
칼자국의 흔적
아픔을 아픔으로 잊을 수 있었네

납작한 몸을 짓누르는
양식의 무게
거식증에 걸린 나는
아무 것도 먹을 수 없었네

수십 번
난도질당했던 야채가 남겨놓은
초록의 피 한 방울
목마른 내 입술을 축였네

無

내 것을 내 것이라 말하지 않는다면
당신 것도 당신 것이라 말할 수 없으리라

나도 내가 아니라면
당신도 당신이 아닐지니

물은 물의 모습으로 흐르고
산은 산의 모습으로 서 있는데

내가 세상을 나로 만들 수 없듯이
세상은 나를 세상으로 만들 수 없네

그대에게路

눈이 있어
눈길을 주네
(그대에게로)

발이 있어
발길을 향하네
(그대에게로)

손이 있어
손길을 내미네
(그대에게로)

마음이 있어
마음 길 이어지네
(그대에게로)

어느 늦가을 저녁

비 개인 후
산책하고 돌아오는 길
문득 눈에 띤 배추 푸성귀
버려져 누워 있어도
푸르고 푸르렀네

앞집 순경 댁
재토끼 세 마리가 생각나서
축축한 배추단 한아름 안고
한참을 걸었네

내 몸
뜨겁게 땀 젖었던
늦가을 저녁

호두

여린 가을 햇살에
여물어가는 몸
보이는 것보다
보이지 않는 것이 더 소중해졌다
부드러운 속살을 보듬기 위해
스스로 거칠어졌다
마음에 바람 들어올까 봐
이렇게
껍질이 단단해졌다
이리저리 돌려봐도
들어갈 문(門)은 없다
빈틈이라곤 없다

가방

부드러운 직사각형
지퍼(zipper)로 입을 다문
검은 고요

저기 저 가방 속에
무엇이 들었는지 알 수가 없다
속이 비웠는지
가득 차 있는지

무거움이든 가벼움이든
가방의 일은
가방만이 알 뿐

채움으로 떠났다가
비움으로 돌아왔던 길
나는 당신에게 짐이 되어
팔만 아프게 했다

밤의 긴 슬픔 속으로

두 눈 가려도
떠오르는 얼굴이 있네
잊어야 할 사람을 잊지 못할 때
나를 잊으면 그대를 잊을 수 있을까
어둠 속에 들어가
한 줄기 빛을 찾기보다는
더 깊은 어둠을 만나러 가는 길
그곳에 또 다른 내가
목마르게 기다리고 있을지도 모르네
터널처럼 길고 습한
검은 장막 속
하염없이 밤길을 헤매네
소복(素服) 입은 여인이듯
꽃잎 오므라든 박꽃에게
조등(弔燈)처럼 비치는
순한 달빛
두견새 붉은 울음 울어
고요를 더 고요하게 하는 밤

기쁨과 슬픔 사이

오라고 말하지 않아도
슬픔이 찾아왔네
뚝뚝
눈물을 흘리며

떠나라고 말하지 않았던
기쁨이 떠나려 하네
미소를 지으며

내 마음 깊은 곳
슬픔과 기쁨은
동맥과 정맥으로 흘러왔네

슬픔의 손목을 뿌리치고
기쁨의 발목을 잡아야만 할까
내가 위로 받기 전에
당신을 먼저 위로해야 되겠네

기쁨과 슬픔 사이
길목에 내가 서있네
웃지도 울지도 않은 채

나비 女人

양주 포도주 맥주
조금씩 맛보았던 낮술의 기억이
아지랑이처럼 몽롱해지네

처음에는 잘생긴 남자와
한때는 돈 많은 남자와
그러다가 권력 있는 남자도 만났네

사랑이 잠깐이었던
홀로된 여인
누구에게 미움이 남았는지
얇은 두 칼날로
허공의 안감을 베어가며 떠나네

수많은 꽃이 피었지만
어느 꽃에도 안주(安住)할 수 없었던
외로운 마음 하나

이제는 향기를 뿜는 꽃보다
향기 없는 꽃을 찾아가네

체험적 사유의 미학

朴 貞 姬 시인
(前 한양여대 교수)

시문학의 실험적 변혁이 가파른 시점에 언어미학의 본질을 견고하게 지켜낸 김광규 시인의 서정적 열정과 진실은 그 공감대가 넓게 보인다.

삶의 구체적인 체험 속에서 자의식의 갈등과 통합하여 무게의 의미를 서술의 샘터에 담아냄으로 시인은 이미 창조적 사명을 지니고 나온 것이다.

릴케는 '말테의 수기'에서 시의 출발을 이렇게 말하고 있다. 한 줄의 시를 위하여 많은 도시, 온갖 인간들, 그리고 여러 가지 사물을 알아야 한다고….

추억이 많아지면 잊을 수 있어야만 하고 그 추억이 우리의 피가 되고 눈이 되고 몸짓이 되며, 이름도 없는 것이 되어 그 이상 우리들 자신과도 구별할 수 없게 됨으로써 비로소 아주 우연한 순간에 한 편의 최초의 언어는 그런 추억의 한 가운데에서, 발생해 나오게 되는 것이라고 했다.

재

허공에 수(繡)를 놓던
불티의 가벼움으로
나는 남았다

군불처럼 뜨겁게 냉골을 데우며
눈을 현혹했던 그대

수직을 수평으로 허물게 하는 힘
마음 속 타오르던 불이 사그라졌지만
불씨 없는 싸늘함에 손을 대면
슬며시 온기를 전해줄지도 모른다는 것

어둠의 이웃 같은
식은 이 절망의 가루들이
바람에 날려간다는 것

흔적 하나 남김없이

타고 남은 불꽃의 잔해, 시집의 권두 시로는 너무
뜨겁고 아프다. 한점 가벼운 불티의 소멸감은 수직을
수평으로 허물게 하고 마음속 불씨는 사그라졌지만,
'슬며시 온기를 전해 줄지도 모른다'는 은유적 여운
은 신화적 그림자를 남긴다. 그러나 불 속에서 남은
절망의 가루들이 바람에 날아간다는 사실이 빈 공백

에 '흔적 하나 남김없이' 진술하고 있다. 불타는 열정
이 쓸려간 체험의 투영으로 수식어로 조명하면서 참
되고 현명한 생동감을 준다.

얼음의 노래

물을 가둔 것은
저수지가 아니라 얼음이었네
출렁이는 마음을 잠잠하게 하려는
예견된 몸부림이었을까
물 위를 건너간 예수처럼
얼음 위를 걸어가네
제 한 몸으로
사랑 때문에 뜨거웠다가
미움 때문에 차가워질 수도 있음을 알았네
핍박받는 자를 더욱 핍박하듯
몰아치는 바람
얼음판 아래 억눌린 생명들이
따스한 물의 세상을 살아가고 있을지도 모르네
어딘가에 있을 숨구멍을 뚫어
숨통을 트이게 해야겠네
오늘의 이 혹한에
그대는 뜨거운 여름의 물을 길어
내게 부어야만 하네
마비된 내 몸이

스르르 녹을 무렵
영혼은 수증기로 가물대며
하늘로 올라가겠네

'물을 가둔 것은 저수지가 아니라 얼음.'으로 시작
되는 〈얼음의 노래〉는 물 위를 건너간 예수처럼 얼음
위를 걸어가는 비유가 묵직하다. 사랑 때문에 뜨거웠
다가 미움 때문에 차가워질 수 있음을 알았다는 깨달
음의 고백 또한 울림이 크다. 핍박하는 자를 더욱 몰
아치는 바람 속의 방황과 어딘가에 있을 숨구멍과 숨
통을 찾아 헤매는 '오늘의 이 혹한에 그대가 뜨거운
여름의 물을 길어 내게 부어야 하네.' 한 마디 신령한
구원의 요청이 비수로 닿았을까. 마비된 자신의 영혼
이 스르르 수증기로 가물대며 승천한다는 신화적 드
라마 기법이 공감을 부른다.

그림자 8

전신을 훑고 간 엑스레이처럼
내 모습 그대로의 크기

서늘하고 고요한 모습
당신이 사라져 버렸을 때
함께 했던 기억을 되뇌네

한때 단 한 번
허상으로 언뜻 비쳤던
내 모습
그것이 실상이었네

시인은 자신 삶의 현상을 구체적 이미지로 투영하여 '그림자' 연작시 12편을 써냈다. 한 번도 나를 앞지르지 않았던 '그림자'의 겸손을 노래하고, 바람에 일렁이지 않는 무게 중심을 '그림자'에 두고 내면적 진실에 묻힌 가치관을 일깨워 주고 있다.

'그림자 8'에서 시인은 순간의 이미지에 머무는 스쳐 간 그림자의 허상과 실상을 보여준다. '서늘하고 고요한 모습/ 당신이 사라져 버렸을 때/ 함께했던 기억을 되뇌'며 언뜻 비쳤던 상상의 투영으로 시인은 존재론적 고독한 탐색을 펼치고 있다.

그림자 12

굴곡진
생의 뒤안길
물끄러미 바라보네

그림자는 그림자가 아니라
그 이름이 그림자일 뿐

마음 비우면
저렇게 가볍게
몸 깎으면
저토록 얇게 될 수도 있네

껍질을 벗긴 과일처럼
화장을 지운 여인처럼
내면으로 돌아가야 할 시간

화려를 버려
더욱 빛나는 들꽃이듯
나를 잃고 나를 알아
그림자로 살아가네

시인의 연작시 마지막 작품 '그림자 12'는 굴곡진 현실의 뒤안길에서 안과 밖, 껍질과 내면의 진실을 고백한다. 시인은 자아 상실과 회복의 과정을 넘기면서 '그림자'로 살아가는 마지막 매듭을 깨닫는 대목에 이른다. 투명한 현상의 원리와 작법이 유연하여 특히 시 완성의 공감을 높여주는 효력을 보인다. 특히 시의 중심에 등장한 '금강경'의 울림에서 '붓다'의 표현기법 응용은 시 세계의 확장으로 경이롭다. 선명한 현실 인식을 충실하게 서술한 드물게 보는 미학적 결실이라 하겠다. 김광규 시인의 창조적 작업을 기대한다.

서 평

권흥기 소설가

김광규 시인의 시를 읽으면 일상생활과 그 주변에서 보는 자잘한 사물과 평범한 현상을, 쉽고 간결하게 표현하여 생명을 부여함으로써 새롭게 탄생시키는 시적 역량을 발견하게 된다. 무심히 존재하는 사물과 현상 속에 은밀히 내재한 의미를 섬세하면서도 명징한 시어로써 존재를 넘어 당위의 가치로 드러내는 시작 능력이 돋보인다. 그의 시는 자연과 사물까지 새 생명을 주어 독자와 대면하게 하는 경이로운 문학적 힘을 함축하고 있다.

한 편, 한 편 읽노라면 시행은 어느덧 심연처럼 깊은 의미로 형상화되어 삶을 겸허히 반추하게 만든다. 삶이라는 중후한 주제에 무상의 엷은 그림자를 잔잔하게 드리우고, 애상적인 감정을 보일 듯 말 듯 은은한 무늬처럼 수놓아 친근감을 자아내면서도, 현실을 투명한 시선으로 응시하게 한다.

내적 고통을 승화한 구도자의 소리 없는 외침이 되어 산사의 만종처럼 깨달음의 울림으로 감동을 준다. 이러한 것은 삶에 대한 고뇌와 사색으로써 얻은 영근 결실일 것이다.

　오면 이내 저무는 계절과 일상을 이어주는 사물과 현상, 삶이 존재하는 한 김광규 시인의 여린 듯 올곧은 시의 노래는 멈추지 않으리라 생각한다.